chili verlag

HRSG. FRANZISKA RÖCHTER

wir wölfe

gedichte

EINE POETISCHE HOMMAGE
AN UNSERE TIERWELT

CHILIVERLAG

Zuletzt im chiliverlag erschienen (Auswahl):

Fassadenflucht, Politische Dichtung der Gegenwart II

suchtraum, Sandra Stubbe, Roman

PSYCHONYMOUS II – Verzogen

Lichtläufer, Gerwine Ogbuagu, Roman

TRANS I – Psychedelia, Autobiografie

Nachtschwarz, Himmelgrau, Kurzgeschichten, Horst Leiwig

Herzschlaf, Gedichte und Kurzprosa über Trauer, Trost und Hoffnung

Stimmwirbel – Gedichte, Michel Ackermann

Juleika Lippenrot – 13 Erzählungen, David Wozniak

Machen! Silben, Sätze, Sensationen, Marc Mandel

Gatti – Katz'n, 21 krasse Katz'nstories

Kodex Rosebud, Hans-Jörg Kühne, Roman

Kiss Me Cyprus Hell, Miriam Sonntag, Jugendroman

Abschreibungen, Lyrisches und Satirisches von Stefan Krückmann

Provozia, Ronald Zieger, Roman

Schwellenbrand, Helena Ende, Roman, 2016

1. Auflage Juli 2016

franchili / 43

Detaillierte bibliographische Daten sind unter http://dnb.ddb.de bei der Deutschen Nationalbibliographie abrufbar.

Gestaltung, Layout, Lektorat: chiliverlag

Korrektorat: Philipp Röchter

Titel ‚wir wölfe' nach einem Gedicht von Michael Starcke † 19.02.2016

Fotos innen: Heike Großmann, außer: S. 5, 67, 92, 119, 143: Christine Zeides und S. 10: CC0 Public Domain; teilweise nachbearbeitet von chiliverlag

Fotografie Cover: Patrice Audet

Printed in Germany

ISBN 978-3-943292-45-9 **www.chiliverlag.de**

INHALT

INTRO I

INTRO II

ALLE TIERE

MIEZENPOST

INTRO I

MICHAEL STARCKE

wir wölfe – für k. h.

verfolgung
unser tägliches brot

es ist uns möglich
das morgenrot
das abendrot
horizonte
zu sehen

wir hinterlassen
spuren im schnee
im denken
im fühlen
im palast der
frühlingswiesen
auf wiesen die sie
nach uns benennen

wir vergessen nicht
wer wir sind
lieben die sprache
die uns heulen lässt
lieben uns leiblich

dein herz
schlägt an meins
wir deuten die zeichen
in einer höhle für uns

INTRO II

MICHAEL STARCKE
die getigerte katze

am tisch sitzend
das zögern
meiner hand,
ein formular
auszufüllen oder
einen vers zu schreiben.

der blick aus dem fenster,
frei erfunden
wie der geruch von minze
oder baldrian
oder die getigerte katze,
die verrückt spielt
an meiner seite
und die untertasse
mit milch missachtet.

tiere, denke ich,
während es leicht fällt,
die arche noahs
zu vergegenwärtigen,
aber meine haltung
abwartend ist als
dompteur und freund,
obwohl ich um ihre
treue weiß, wenn ich
sie haarsträubend
zärtlich duze.

ALLE TIERE

HANS-GEORG GOHLISCH

Artenvielfalt

Ein Igel, der nicht fliegen kann,
ist keine Seltenheit.
Doch jodeln Ziegen – dann und wann,
geht das wohl etwas weit.
Ein Tintenfisch, der nicht gut schwimmt,
geht irgendwann mal unter.
Ein Maulwurf, der sich gut benimmt,
bleibt trotzdem grau, nicht bunter.
Die Artenvielfalt fasziniert
die Menschen schon sehr lange.
Wird sie absichtlich dezimiert,
ist Agonie im Gange.

SÖREN HEIM

was bin ich?

das einhorn ist ein fabeltier
das nasshorn ist nicht nass
unverrückbar steht das matterhorn
jedoch wen kümmert das?

ach mit den hörnern und den hörnchen
hat man es recht schwer
wo passen sonst so schlecht die förmchen
wo schießt man derart quer?

das eichhorn etwa hat kein horn,
der ahorn ist ein baum
noch immer steht das matterhorn
und interessiert uns kaum

so sinne ich, und beiße schließlich
noch sinnend ins croissant
auch so ein hörnchen, oh! genüsslich,
welch ein denouement ...

SÖREN HEIM

ikarusfabel

auf der zeder saß die laus
sprach: *ich wär gern ne fledermaus*
sie bat sich etwas leder aus
und nähte sich zwei flügel draus ...
hui! schon fliegt die laus hinfort
siehst du sie nicht fliegen? dort
erspäht sie grad der siebenschläfer
da fliegt ja ein marienkäfer,
denkt der, verschlingt mit einem biss
die laus. gibt's ne moral? gewiss:
stets prüfe, eh du dich erhebst:
reichst du an das, wonach du strebst?

UTE ROTT

In memoriam

Dem Feuersalamander sind wir begegnet
samtenen Schmetterlingen
und einem grünen Frosch.

Unseren Durst haben wir gelöscht
in singenden Bächen
und ein kleiner Wind
hat uns erfrischt.

Manchmal
hat meine braune Wölfin
ihr weiches Maul
in meiner Hand geborgen
und mir mit ihren sanften Augen
ein Geheimnis erzählt.

Ihr Hecheln
war die Musik
heißer Sommertage
und das Licht des Waldbodens
das Licht auf ihrem Fell.

Im Tal der Lärm
im Wald die Ruhe
und wir
dazwischen

ANDRZEJ KIKAL
Gute Neujahrsvorsätze der Tiere

Tauben – „leiser sein, die anderen sind nicht taub"
Waschbären – „die Zebras in Ruhe lassen, das sind Streifen, kein Schmutz"
Schimpansen – „weniger schimpfen im ZOO, das ist ja unser Arbeitsplatz"
Storche – „die Frösche beim Paaren nicht stören, geduldig abwarten"
Spinnen – „wir spinnen nur noch zu friedlichen Zwecken jenseits jeglicher jagdtechnischen Aspekte"
Haie – „immer ein braves *Hi* zur Begrüßung sagen"
Mäuse – „mit dem Mundraub und Mausen aufhören"
Libelle – „keine Liebeleien mehr, nur noch feste Beziehungen"
Vögel – „ungefähr dasselbe wie bei den Libellen"
Enten – „keine Tiefflüge mehr, Ende"
Tiger – „statt tigern und vertilgen nur noch pilgern"
Faultiere – „beim Schachspiel nicht mehr foulen"
Viren – „nicht so lange am Computer sitzen"

BRITTA LÜBBERS

Sintflut in Tiflis*

Die Freiheit kam mit dem Regen
Und sie war tödlich.
Wasserwände stürzten auf den Zoo
Wie Meteoriten aus dem All
Zerschlugen das Löwengehege
Ertränkten ein Möwengelege
Schleuderten Millionen Speerfontänen
Auf Pinguine und Hyänen, die Landschildkröte
Hatte keine Chance, sogar ein Krokodil
Ertrank ohne Mühe in trüber Brühe.

„Was Besseres als den Tod finden wir überall“,
Sagte der Wolf zum Luchs, da waren Tiger,
Löwe und Fuchs schon auf und davon.
Sie irrten. Den verwirrten Luchs
Erwischte es am Kriegerdenkmal.
„Gelernt ist gelernt“, brummte der Veteran
Und ritzte eine Kerbe in seine Heckler & Koch.
„Wie in Ossetien – ich kann es noch.“
Tiger, Löwe und Wolf klemmten im Spalt
Unterm Großstadtasphalt.

„Dies ist verdammt noch mal Tiflis, kein mieser
Dschungel“,
Grollte der Scharfschütze, rollte die Augen und traf.
Einzig der Kragenbär verschwand in der Nacht,
Seine Blesse ein Verband über der Wunde aus Angst.
Die Wollhandkrabbe, auf den Kirchturm gespült,
Klammerte sich an die Takelage des Glockenstuhls.
In Gottes verwaister Kommandozentrale
Saß das Glühwürmchen, funkte viele Male
SOS über den Priel

Aber der Regen fiel und fiel.

*Am 14. Juni 2015 überschwemmte ein schweres Unwetter den Zoo in Tiflis

SIGUNE SCHNABEL

Meernah

Du sagst, du findest mich
nicht mehr unter meiner Haut.
Doch dort beginnt erst
meine Küste.
Gen Land spricht das Meer sandfarben
und manchmal von dir.

Ich knüpfe ein Netz aus Tagen,
so dicht, dass das Licht in den Maschen hängt.
Nur deinen Namen
habe ich durch die Lücken geträumt.
Frühmorgens bäumt er sich zum Falterfisch
oder Riffbarsch.
Des Nachts wird er Muräne,
die das Schwarz in jede Pore zieht,
und nur die Sehnsucht sieht
zum Grund.

Rabea Jasmin Usling
ohne titel

durch gitter blicktest du mich an
deine augen hoffnungsleer, trostlos
dein fell mit blut beschmutzt
scheu bist du
vor menschen zurückgewichen
hast ängste, die du nicht benennen kannst,
die dich bis in den schlaf verfolgen

wenn ich nachts die gehege säuberte,
hörte ich deine schreie
und die deiner mitinsass_innen

drei monate später

habe ich dich bei mir
reinige deine wunden
vertraue dir,
damit du mir vertrauen kannst
manchmal streckst du
deine hand nach mir
zur kontaktaufnahme
und deine augen glänzen etwas mehr
wenn sie nicht
hinter gittern sind

LUDWIG ZEPPELIN

Fabelfernsehen

Den äußerst seltenen Pfausan
sah noch niemand je von nahem.
Und auch von dem Albastrauß
weiß man leider nichts genaues.

Zerebras und Gazilopen
wittern einen Jagupard,
der pirscht durch die Tundratropen,
fällt sie an in wilder Jagd.

Dort die rare Gürtelschleiche,
ein exotisches Rauptil,
gräbt sich still von Teich zu Teiche
und ernährt das Graukodil.

Der Taubenhaucher in den Grotten
sucht vergeblich Dosselsprotten.
Wiedespecht und Welpensittich
teilen die Reviere mittig.

Der Klapperaffe lärmt in Horden,
die Lärminge sich selbst ermorden.
Führst du dein nächstes Glas zum Mund,
verschlucke keinen Humpenlund!

Katzgemeine Ringelschnecken
lauern in Langustenhecken.
Unsichtbare Otterspinnen
ahnt man nur mit sieben Sinnen.

Krakmäeleon bleibt unsichtbar,
die Haifisch-Schnucke bissig gar.
Ein Zitterwal Fauntänen bläst,
das Fischsterbchen ist halb verwest;

schmeckt nicht mal dem Robbelphin,
Krokodohlen südwärts ziehen.
Im Wasser treibt ein Trampelschwan,
an Land kraucht Hängebauchwaran.

Kobrilla, Knuh und Zobelot
enthalten sich der Anekdot.
Hier ist völlig unbekannt
ebenfalls der Flederfant.

RENATE BUDDENSIEK

Wo sind sie geblieben?

Wo fliegen noch summend die Maikäfer aus,
wo hüpfen noch Frösche im Garten?
Wie kommt es, dass Kinder zwar Igel und Maus,
die andren vergebens erwarten?

Wo brütet der Waldkauz? Sein Nistplatz ist leer.
Wo sind die Pirole und Lerchen?
Ihr Zwitschern verstummte, schon lang ist es her.
Die Nachtigall singt nur im Märchen.

Erst waren es Wachtel und Waldauerhahn.
Sie sind aus den Wäldern verschwunden:
Danach ging der Dachs, auch Luchs und Fasan,
sie werden nur selten gefunden.

Wo sind bloß die Bienen und Falter geblieben?
Wo laichen die Lurche und Kröten?
In Zeitungen steht es tagtäglich geschrieben,
dass Gifte der Menschen sie töten.

Im Sommer stirbt auf den behandelten Feldern
so mancherlei Art ihren lautlosen Tod.
Auch anderes Getier siecht dahin in den Wäldern.
Zu hoch ist der Preis für das tägliche Brot.

Wir sollten nicht länger so tatenlos stehn;
vertagen wir nichts mehr auf später!
Zuletzt werden alle zum Untergang gehn,
das gilt für die Opfer und Täter.

RENATE BUDDENSIEK
Maus und Elefant

Ich bin allein, du bist allein,
schöner ist's ein Paar zu sein.
So sprach der Elefant zur Maus,
da zog sie gleich zu ihm ins Haus.

Sie feierten das Hochzeitsfest,
doch kam es, wie's sich denken lässt:
Das Paar war schon nach kurzer Zeit
sich gegenseitig wieder leid.

Die beiden hatten spät erkannt,
dass sie als Maus und Elefant,
obwohl sie sich nicht hassten,
nicht zu einander passten.

Renate Buddensiek

Viele tierische Bekannte

Junge Hüpfer, alte Hasen
tummeln sich im ganzen Land,
dumme Kühe, blöde Schnepfen
sind uns ebenfalls bekannt.
Meckerziegen, Trampeltiere
leben oft gleich nebenan,
Schlauer Fuchs und Frechdachs fangen,
allzu oft zu streiten an.

Lahme Enten, sture Esel
können auf die Nerven gehn.
Kluge Eulen, flinke Wiesel,
sind bei allen gern gesehn.
Schwarze Schafe, krumme Hunde
sind dagegen unbeliebt,
wie der Schluckspecht, der sich öfter
gerne mal dem Suff ergibt.

Bücherwurm und Leseratte
haben nur für Bücher Zeit,
Turteltäubchen, Schmusekater
lieben ihre Zweisamkeit.
Toller Hecht und dicke Wanzen
und die Tiger aus Papier,
die auf jeder Hochzeit tanzen,
ja, auch diese kennen wir.

Arme Würmchen, gift'ge Kröten
sehn wir nicht nur, wenn es regnet,
sind uns wie die bösen Schlangen
überall schon mal begegnet.
All die tierischen Bekannten
sehen wir nicht nur im Zoo,
treffen wir gar nicht so selten
irgendwann mal irgendwo.

MARIANNA LANZ

klavier

einer schiebt sein klavier in die nacht und
kehrt nicht wieder

wir fallen durch netze und treiben im meer
schweigen bahnhöfe und lachen uns tot

schaf müsste man sein oder wolf oder hai
sind wir aber nicht

wir sind vögel die singen und hasen die
fliehn

LARS O. HEINTEL

Acht

Zwei Rücken, zwei Hälse, zwei Schädel, acht Beine.
Vier davon deine und vier davon meine.
Vier Augen, zwei Mähnen mit vieltausend Haaren
und Düften, die vor deinen meine schon waren.

Vier Nüstern geweitet, vier Ohren gestellt,
acht Hufe im Takt gegen Wetter und Wind.
Flanke an Flanke ertrabst du die Welt.
Noch. Gib gut auf dich Acht, mein Kind.

JÜRGEN STÜSSER-SIMPSON

Frühlingstreffen

Sie spürt mit jeder Drüse
das junge Blattgemüse.
Die rote nackte Schnecke
schleimt lüstern um die Ecke.

Die Mücke putzt ihr Sauggerät
prüft es auf Elastizität.
Die Mutter ihre weiße Haut
dem Frühlingsgarten anvertraut.

Frühlingstau bedeckt die Erde
tief unten knurrt der Engerling
und oben wiehern Pferde.

FRANZISKA RÖCHTER

Alle Tiere

Von allen Tieren wüsst ich kaum,
was mir das liebste wär.
Ich lieb den Hund, den Kükenflaum,
die Katze und den Bär.

Ich mag den Vogel und den Fisch,
den Affen und das Pferd.
Doch hass ich, wenn am Küchentisch
man Gänsebrust verzehrt.

Die Tiere haben eins gemein:
Sie mögen keinen Schmerz.
Beim Schlachten müssen alle schrei'n,
es bricht mir fast das Herz.

Von allen Tieren würd ich nie,
gar niemals eines essen.
Selbst wenn das Tier es mir verzieh,
sein Leid wär kaum zu messen.

Von allen Tieren wüsst ich nicht,
was mir das liebste wär.
Sie nicht zu essen, das ist Pflicht.
Doch ich bin Visonär.

MIEZENPOST

EVO**M**UT(**Z**)ION
(die Wahrheit über die Evolution)

Ich sag's ganz unumwunden,
man hat herausgefunden:

Es ist wohl – zweifelsohne –
die **Katz** der Schöpfung Krone
!!!!!!!!!

MICHAEL STARCKE

das katzentier

unsere abende,
gespräche über
literatur und kunst,
die unbeständigkeit,
die beständigkeit
der gedanken,
das ahnen, mit
worten kaum zu
beschreiben.

unsere abende,
stimmen im garten,
eine katze,
die unbeeindruckt
über den sims einer
mauer schleicht,
das flackern
der kerzen,
der wein,
der es in sich hat.

unsere abende,
ein paar stunden,
die uns, den freunden,
gehören, ohne forderungen
zu stellen
oder, in die hände klatschend,
besinnlichkeit,
das katzentier, zu vertreiben.

FRANZISKA RÖCHTER

katzen

stundenlang könnt ich katzen begucken
oder andere liebliche tiere
stundenlang mich vor ihnen ducken
bis ich mich in ihnen verliere

stundenlang könnt ich mit ihnen sprechen
die kristallenen augen ergründen
bis meine in ihren pupillen brechen
um sich darin wiederzufinden

stundenlang könnt ich felle kneten
und kleine näschen berühren
ein raubtiergespräch ersetzt das beten
du kannst das göttliche spüren

PITT BÜERKEN

Die alte Katze

Die alte Katze schleicht schon lang nicht mehr,
liegt an der Heizung, da ist ihr noch warm,
nur selten sperrt sie noch die Augen auf,
doch gern lässt sie sich streicheln auf dem Arm.

Meist schaut aus ihren Augen Wehmut raus,
Traurigkeit die Mitbewohner überfällt,
sanft streift sie manchmal um die Füße rum,
ob sie nicht einer auf dem Schoße hält.

Die meisten Tage hat sie hinter sich,
ruhig liegt sie da und schaut, als ob sie riefe,
den ganzen Körper streckt sie noch einmal,
dann liegt sie still – als ob sie schliefe.

PETER ETTL

Fragen an eine tote Katze

wohin du gesprungen bist
an den tagen des krebses
wer hält jetzt die hände über
dein struppiges fell

gibt es keller und speicher
staubgalaxien mit spuren von
mäusen und besetzen die
fliegenden noch immer
unerreichbare himmel

wohin du gesprungen bist
abgeschnellt von den schmerzen
hält jemand dein kistchen sauber
spielt in den schlaf dich mit
beethovens neunter

wer hält aus den blick
der goldgrünen augen
und hört in der drehzahl
deiner schnurrenden seele
den gleichklang der welt

wohin du gesprungen bist
wer erzählt dir von uns
und der leere der zimmer
wer rückt dir die schüssel zurecht
gefüllt mit dem dank
für deine samtene zeit

THOMAS RACKWITZ

andalusische katzen

nirgends sah ich solche katzen
wie in den hinterhöfen andalusiens
ihr fell gestrählt vom wind in der sierra

immer zum sprunge bereit
harrten sie aus
als ferge zwischen den zeiten
auf den von der nacht gebrandmarkten steinen
die anderswo grabsteine wären

selbst geschlossenen auges
wussten sie stets um ihre beute
im traum noch führten sie sie in die irre
so wie mich der ihnen seither verfiel

FRANZISKA RÖCHTER
meine katze

gehört gar nicht mir
sie kam aus dem nichts
hat uns ausgesucht
und blieb einfach hier

wie sie morgens vor der tür
wie ein schokokringel
auf der rauen matte
voll bewusst nickert
lässt mich innerlich hüpfen:
sie ist wieder hier!

ihre kinder – vier
sind so klasse erzogen
wenn die mutter schläft
harren sie im busche
sie haben manieren
mehr als jedes tier

bald kommt der sommer
dann liegen wir
allesamt in der sonne
lernen kätzisch und schleichen
ihre blicke erweichen
jeden kantigen stein

so ein herrliches sein!

INGRID BAUMGART-FÜTTERER

Einander für immer bestimmt

Ein Mädchen trifft inmitten einer bunt leuchtenden Sommerwiese auf eine ihr fremde Katze, die sie aus himmelblauen Augen erstaunt anschaut.
Doch als sich ihre Blicke treffen, durchzuckt beide der Strahl der Erkenntnis wie ein Blitz.
In Sekundenschnelle überbrücken sie Hunderte von zurückliegenden Jahren und erinnern sich an ihre gemeinsam verbrachten Leben so lebhaft, als wäre alles erst gestern geschehen.
Instinktiv spüren sie, dass keine Macht aller existierenden Welten verhindern kann, dass sie füreinander immer da sein werden.

SIEGFRIED VÖLLGER
ohne titel

eine katze auf einer wiese
sitzt, aufgeräumt und ordentlich,
starrt auf den boden

ich dachte immer
sie warten so auf mäuse

jetzt
weiß ich

sie beruhigt die erde

DIETER WÖHRLE

Urlaubspläne für die Katz‘

Urlaub. Da ist Sonne dir willkommen,
doch das Fernweh wird dir schnell genommen,
wenn du denkst ans ferne Mittelmeer.
Augen zu, und du erkennst verschwommen
Wasser, Boote und ein Flüchtlingsheer.

Hier zu Hause darf die Katze stören.
Du versprichst ihr, ruhig zuzuhören,
wenn sie dir ihr Lied singt, zu dir spricht.
Schon nach ein paar Lauten kannst du schwören,
du verstehst sie. Schwören? Lieber nicht.

Um beim Thema Tiere nun zu bleiben,
willst du eine Urlaubsfabel schreiben
von der Kröte und dem klugen Spatz.
Weißwein soll dich anregen, dich treiben.
Bald schon ist die Fabel für die Katz‘.

Denn inzwischen weist du die Gedanken
an die Urlaubspläne in die Schranken,
spürst, dass dich ein fieser Kopfschmerz quält.
Du schläfst ein. Und deine Träume ranken
sich um das, was dir die Katz‘ erzählt.

HELMUT GLATZ

Katze

Körper auf gespanntem Bogen,
Pfeil, gelegt auf straffe Sehnen,
scharfe Krallen eingezogen.
Täuschend echt: ein falsches Gähnen.

Hinter schmalen Augenschlitzen
glimmt ein magisch-dunkles Feuer,
ferne Wetter, voll von Blitzen,
Welten, wild und ungeheuer.

Und dann senkt ihr Kopf sich leise,
Augen schließen sich wie Türen.
Nur die Flanken zittern leise,
wenn die Finger sie berühren.

ANGELICA SEITHE

Leg dich zur Katze

Wenn du die alten Stufen
steigst

hinweg steigst übers ausgestreckte
Träumen einer Katze

wenn dich die Zweige streifen
über Haut und Haar

Wo kommst du an im Blau?
Wo willst du hin? Noch ist es hell

Leg dich zur Katze schlaf
dir Sonne unters Fell!

CHRISTIAN BAUDY

Die Katze

Die Katze schnurrt auf meinem Knie
ich fühle mich so wohl wie nie
und würde schnurren bald wie sie
wenn ich nur wüsste wie.

GERHARD P. STEIL

Der Dummkopf, die Katze und die Nachbarin

Es war einmal ein dummer Mann,
der hatte ein Gewehr,
und weil man damit schießen kann,
da tat er's, kreuz und quer.

Er ballerte am Anglersee
auf alles, was er fand,
und feuerte auf Wiesenklee
und Kiesel an der Wand.

Dann schoss er auf ein Ofenrohr
und Vögel auf dem Baum,
und selbst das große Kirchentor,
das traf er wie im Traum.

Bei Regen hat er auch geübt,
dann schoss er auf Matratzen,
und wenn sich's draußen eingetrübt,
dann zielte er auf Katzen.

So war es auch an jenem Tag,
die Nachbarstür stand offen,
da hat er mit dem Glockenschlag
die Katze fast getroffen.

Die Katze hatte immerhin
für dieses Mal noch Schwein,
doch dafür traf's die Nachbarin
genau ins linke Bein.

Der Schuss war viel zu ungenau,
und zweifellos daneben.
Man fragt sich, ob die Nachbarsfrau
dem Dummkopf hat vergeben.

KARSTEN PAUL

Gestohlener Herbst

Falschgerbers zogen um, ihr Kater blieb zurück,
der alt war, nicht mehr lange leben würde.
Er haarte viel, er schien nur eine Bürde
im neuen Heim, im neuen Großstadtglück.

Er lebte in der alten Hütte neben
dem Dorf, erbettelte bei Nachbarn Futter.
Bekam den Frühstücksrest samt Wurst und Butter
und streunte viel und lebte so sein Leben.

Doch eine Nachbarin verstört ihr Mitleid.
Sie denkt: „Der Winter kommt – das ist dein Ende."
Denn kürzlich erst – ihr zittern noch die Hände –
fiel ihr geliebter Dackel aus der Zeit ...

Sie ringt mit sich, sie mag sein Strolchgesicht
mit langem Lausbub-Schnurrbart, aber dann
rafft sie sich auf, ruft bei Bekannten an:
Augustabend – der Jäger zögert nicht.

ESTHER ACKERMANN

Miezenpost

Für P.-E. L.

Nun sind verschneit die Wege die ich lief
So schreib ich unter dem Holunderstrauch
Obwohl das unter Katzen nicht der Brauch
Dir diesen Dank- und Abschiedsbrief

Sogar zu reimen fasse ich den Mut
So oft und tief in deine Hand getaucht
Nach Liebe – habe sie nie aufgebraucht
Vielleicht mach ich's auf Anhieb gut

Es schimmert schon ein größ'res Licht
Ein Friedensglanz und Freudenfeuer
Durch meine Ohren aufs Gesicht

Als Sternenstreuner such ich neue Abenteuer
Wenn die Sphären schnurren zweifle nicht
Und werde niemals in der Liebe scheuer

HUNDELEBEN

Michael Starcke

ein hund

schnüffelnd den bordstein
entlang feiert ein hund
sein leben, ohne
den faden zu verlieren
unterm morgentau.

wer weiß, was er sich
vorstellt, kein gipskopf,
beweglich, zielgerichtet
und schnell, ein wirrwarr
aus schnauze und gliedern,

allein unterwegs mit
einem breiten lederband
um den hals, an dem
eine marke klimpert,
einer unbedachten
bewegung ähnlich,

oder einer letzten
verbindung zur welt,
während er seinem instinkt
folgt und das kostbarste gibt,
das er geben kann,
seine treue,

mit der er wohin auch
immer zurückkehrt,
ohne dass ihn
jemand finden muss.

MICHAEL STARCKE
schwarz/weißer hund

die balkontür
geöffnet zur welt,
auf den schwarz/weißen hund
geschaut,
der mich begrüßt,
als habe er etwas
mit mir zu bereden.
eine erinnerung nehme ich mir
für diesen morgen,
übernächtigt und beunruhigt,
voller ideen,
eine erinnerung
an meine kindheit,
wenn ich in einem garten
alleine niemand bestimmtem
nachweinte
wie einer liebkosung,
die nicht genug kriegen konnte.

immer ist unser leben
eine momentaufnahme,
ob wir kaffee trinken,
lieben oder beten,
ob wir, bereit uns zu stellen,
darauf warten,
dass man uns holt
oder der revolution hinterherlaufen,
die sich als illusion entpuppt.

einmal, als ich nicht
darauf vorbereitet war,
dass ich jemand gefallen könnte,
war ich ungeschickt genug,
das unbegreifliche zu vermasseln,
ein anderes mal ein idiot.
so ist das leben,
könnte ich sagen heute morgen
und den schwarz/weißen hund,
der mir die hand leckt,
siezen voller respekt.

HEINZ-HELMUT HADWINGER

Lieber einen Hund zum Freund

Schon Benjamin Constant berichtet –
was literarisch mir ein Fund –,
er kaufte einen kleinen Hund;
hat's im „Journal intime" verdichtet.

Der wird ihn sicherlich nicht beißen,
es sei denn, dass er Tollwut kriegt.
Hingegen es ganz anders liegt
mit jenen, die sich „Freunde" heißen.

Das Hündchen beißt nicht in die Waden,
doch ob die Freunde ihm nicht schaden,
das ist nicht ebenso gesichert.

Hat sich der Hund auch nicht verbissen,
vom Freund, der über einen kichert,
kann man das letztlich doch nicht wissen.

WOLFGANG RÖDIG

Was für Hundeleben

Gepflegt mit Schampon und mit Seifchen,
verziert mit Fellfrisur und Schleifchen,
nur mit feinsten Häppchen satt gemacht,
Frauchens Liebling oft bis in die Nacht.

Umzwängt vom Halsband, das das seine,
gezerrt durch Straßen an der Leine,
angehalten stets zur Folgsamkeit
und gerügt für jeden Schritt zu weit.

Gelobt für Stammbaumqualitäten,
gebraucht zur Schmähung der Verschmähten,
Schwanz und Ohren schön zurechtgestutzt
und zum Wettbewerb herausgeputzt.

Gehetzt auf den Bedrohungs-Bringer,
beheimatet in Herrchens Zwinger,
für Gehorsam bis zum Tod gedrillt
und geformt zur Waffe, die auch killt.

Normiert zur Nützlichkeitsentfaltung,
dressiert für nette Unterhaltung,
im Versuchslabor zum Zweck gequält,
zu den Gegenständen nur gezählt.

Geliefert aus gierigen Händen,
gefangen zwischen Wohnungswänden,
zur Besitzbeend'gung ausgesetzt
und an Seele und an Leib verletzt.

ANNETTE GONSEROWSKI

Meinem Airedale-Terrier-Welpen

Auf leisen Pfoten
trittst du in mein Leben,
beißt mit spitzen Zähnen
kleine Löcher
in die Bequemlichkeit,
bellst laut
gegen die Resignation an,
wedelst mit deiner Rute
Sorgen fort.

ANNETTE GONSEROWSKI

Meinem alten Hund

Als du zu mir kamst
auf dicken Tatzen,
das große Fellchen
nicht groß genug
für all die Seligkeit,
war unser Weg weit.
Sorglos ließen wir
die Sommer verblühen,
die Winter unbeachtet
durch kahle Zweige ziehen,
das Glück war nicht in Zeiten
zu messen.

Heute ist unser Weg mühsam,
dein Fellchen zu klein
für meine Traurigkeit.
Heute beargwöhne ich
die schwindenden Stunden,
misstraue dem ziehenden Wind,
dem lockeren Blatt,
dass sie dich nicht
mit sich nehmen.

BRITTA LÜBBERS

Laika*

Die Straße hatte sie stoisch gemacht der Kampf
Um das bisschen Fleisch auf der Arbat Uliza das Brot
Aus der Hand des Bäckers die Tritte das Wegducken
Ausweichen an den Ufern der Moskwa die Männer
Mit Netzen was sollten sie ihr so schon tun? Laika

Sie schießen dich in den Orbit dort bist du allein
Mit der Stille der Sterne unter dir der Mond
Ein goldener Orden leuchtet geheime Labore aus
Stahl ist ihr Logbuch die Kittel aus Leinen
Sie streichen den Ruhm ein dein Fell glatt

Damit dir der Anzug auch passt Silberkälte
Steigt aus dem Napf der Lärm in den Wänden
Macht dich durstig nach Flüssen hungrig
Nach Abfall gierig nach Staub in Hinterhofkellern
Ein Zwinger als Raumschiff die Türen verriegelt eisig

Weht der Wind in der Steppe drischt den Rotoren
Das Feuer zurück ins Getriebe dies hier bleibt
Vorerst geheim aber der Countdown läuft
Dwa adin nol
Die Erde ist eine Kugel im Gorki-Park

Schläft dein Rudel in einer Senke aus Schnee
Sputnik 2 ist schneller als Gott und näher
Funken schlägt die Eisenkapsel versengt
Deine Husky-Ohren verbrennt dir den Atem
Kein Tier starb so einsam kein Engel

Wohnt im All in der Nacht
Greifen Menschen zum Fernglas suchen
Den winzigen leuchtenden Punkt
Als er endlich verglüht blühen schon die Felder
Steckt sich Juri Gagarin eine rote Nelke ans Hemd

*Der Straßenhund Laika war das erste Lebewesen im All. Die Sowjets schossen sie am 3. November 1957 in den Orbit. Sie starb wohl kurze Zeit nach dem Start. Die Raumkapsel kreiste noch ein halbes Jahr um die Erde, bis sie verglühte.

BRITTA LÜBBERS

Totenwache

Du hast die ganze schwarze Nacht
bei deinem toten Hund gewacht
hast hundert Kippen aufgeraucht
und jedes Taschentuch verbraucht
hast seinen Futternapf zerbeult
und in sein Kuscheltier geheult
du hast – von Fusel schwer berauscht
auf seinen leisen Gang gelauscht
dein Ohr an seinen Hals gelegt
ein letztes Mal sein Haar bewegt
dich eingerollt, da wo er lag
so fand ich dich am nächsten Tag
ein Büschel Fell in deiner Hand
noch warm und wild – und ich verstand

WEITES LAND

Sören Heim

dem hessischen luchse

Er schleicht so fort, auf allen vieren
durch grüne nacht, über asphalt,
sein fell glänzt matt, die grauen streifen
markiern, wo tags maschinen stehn.
Wo füße tags und schwere reifen
einzeln wie finger einer hand
duftig öl und schweiß verweben,
wenn grüne nacht, und wach vergehen.
Unter den einst heimschen tieren
galt er naturgeist von verstand
er schlich so fort, auf allen vieren
es hieß: er kann mit uns nicht leben.
Doch schnurrte er nicht auch bacchanten
sagt man, geschmeidig zum geleit?
sag haben wir ihn fehl gesehen
als wir ihn herr der vorsicht hießen?
Schon vorsichtig, doch frohen mutes
seh ich im frühen graun verlieren
ihn sich, wie einen traum ...
ist er ein omen? ists ein gutes?
Er schleicht so fort, auf allen vieren
durch grüne nacht, über asphalt,
sein fell glänzt matt, die grauen streifen
markiern, wo tags maschinen stehn.

ULRIKE WOLF

Der Luchs

Raureif erstarrt die Zweige
Die Nacht ist klirrend kalt
Der Schnee blitzt wie Diamanten
Leise rauscht Wind durch den Wald

Da kommt wie ein Geist aus dem Schatten
Lautlos mit sicherem Gang
Ein Luchs, geschmeidig und edel
Im silbernen Mondlicht entlang

Voll Ehrfurcht vor der Anmut des Tieres
Verstummt das Rauschen im Wald
Und einen kurzen Moment lang
Verblasst die Zeit und wird alt

Am Waldrand links daneben
Wartet ein Jägersmann
Im Dickicht gut verborgen
Sitzt auf den Luchs er an

Und auf der rechten Seite
liegt bereits im Schnee
Ein anderer wilder Jäger
Und wartet auf das Reh

Doch als er dieser den Luchs sieht
ist er hocherfreut
Und insgeheim denkt er sich:
„Das ist mein Glückstag heut“

Vor seinem inneren Auge
Entsteht ein Bild, ganz klar
„Das Luchsfell als Trophäe“
Eine Ahnung wird wahr

Und im Moment des Schusses
Da springt mit Eleganz
Der Luchs grazil und kraftvoll
Davon im Mondenglanz

Links und rechts am Waldrand
Im eisig kalten Schnee
Liegen zwei tote Jäger
Leise lacht das Reh

LARS O. HEINTEL

Wolfslied

Der Wolf jagt keine Geißlein
und frisst auch keine Kreide;
er steigt bei keinem Greis ein
und hüllt sich nicht in Seide
um sich als Großmutter zu geben
und rote Käppchen zu verschlingen.
Der Wolf will einfach friedlich leben
und nachts im Rudelchor laut singen.

Sein Ruf hallt kilometerweit
und ist ganz einfach ein Signal,
um andren Wölfen Zeit um Zeit
zu sagen: Ich bin's – hört doch mal!
Habt keine Angst, wenn er erschallt;
denkt lieber dran, dass dieses Tier
ein Recht hat, hier im deutschen Wald
sich aufzuhalten so wie wir.

SIEGFRIED VÖLLGER

ohne titel

eine bewegung
sehr gleichmäßig
am feldrand

langsam erkenne ich einen hasen
er läuft gerade und ernsthaft
nur die beine bewegen sich
am ende des feldes angekommen
bleibt er einen moment ruhig
dreht um und läuft
mit der gleichen ruhe und ernsthaftigkeit
zurück

ein tapferer
die niedertracht
wird niemals siegen

HERMANN RUF

Alternativer Bärenpark

Zur Überraschung
der Braunbären,

es trifft sie
ins Mark,

sind Blaubeeren,
statt Schwarzbären,

die Alternative
im Park.

Doch die Bären
werden sich wehren

und alle Beeren
verzehren.

GÜNTER LANGENBERG

Achtung, röhrender Hirsch!

Was einen Hirsch zu Recht empört
und sich auch wirklich nicht gehört,
ist, wenn man ihn beim Röhren stört.

Denn wo der Hirsch mit Inbrunst röhrt,
damit die Hirschkuh er betört,
ist nichts erlaubt, was ihn blamört.

PETER ETTL

Weites Land

ein endloser ritt
über weites land
die zügel locker
die mähne weht
im sanften takt
des sommers
furchen und risse
steine und sand
entschweben dem blick
die erde öffnet sich
unter dem fordernden
taktschlag der hufe

HENRIKE STAUDTE
Wolkenpferd

Wenn der Wind
in deiner weißen Mähne spielt,
dann schweigt der Drachen,
der Nacht für Nacht mein Herz zerwühlt.

Wenn der Blick
deiner schwarzen Augen mich streift,
dann bin ich hier,
vergesse Zukunft und Vergangenheit.

Wenn dein Körper
sanft den meinen wiegt,
dann fühle ich Liebe
und die Angst ist besiegt.

KLAUS KLAUSENS
Hilla, du liebste blöde Kuh

Ach, Hilla, aufgestanden von den Toten!
Wackle bitte wieder mit den Beinen,
Schlage auch mal mit dem Schwanz,
– Du, malme emsig mit dem Kiefer,
Hilla, mach's genau wie alle Deinen!

Iss auch was Gras! Du hast ja gut verdaut!
Iss auch was Wiese! Die ist noch nicht versaut!

Ach, Hilla, werde kauend immer schiefer,
Erschaff uns muhend neuen Glanz
Auf dieser gar so ewig öden Weide.
– Bei meinen allerdümmsten Zoten:
Hilla, vergiss doch endlich mal das Koten!

ANDERWELTIG

SIGUNE SCHNABEL

Mückenflug

Taumelnd flattert sie
in eure Mitte,
prallt immer wieder
auf das fremde Licht,

umschwirrt vergeblich
jeden eurer Schritte,
angezogen von dem Schein,
der sie besticht.

Doch mit dem Aufprall
ihrer Flügel
schwindet Schicht
um Schicht
ihr Eigensein:
Sie brennt sich selbst
von ihrer Haut.

CHRISTINE ZEIDES

Die Fliege

Ich sitz am Fenster
dort sitzt auch die Fliege
stößt sich den Kopf an Glas und Scheibe
summt säuselnd, fliegt im Kreis, bleibt sitzen
Sie ist der Freiheit gleichsam nah und fern
ein Glaswall trennt sie von dem Ort der stillen Sehnsucht
beständig prallt sie daran ab
mit lähmender Geduld und ohne Widerwillen
und einer Hoffnung, die mit jedem Gegenschlag
ein bisschen schwächer wird

Vielleicht bin ja auch ich nur eine Fliege
die gegen immer gleiche Scheiben schlägt
anstatt den Irrtum zu erkennen
daraus zu lernen und sich umzuwenden
bleib ich dort sitzen
und widme mich dem Scheitern
und seh die Welt
an der ich teilzuhaben wünsche
nur stumm vorüber ziehen
Ich nehme Anlauf und ich fliege
und fühl mich nur erneut zurückgeworfen

Da sitzt die Fliege
und sie hat aufgegeben
ihr Flügel zuckt ein letztes Mal
bevor der Wille ganz gebrochen ist
Ich sitz am Fenster
dort saß auch einst die Fliege
nun liegt sie nur
wehrlos, hilflos in der matten Ecke
vielleicht denkt sie bei sich
noch in den letzten Stunden
dass eine Wendung
vielleicht der Weg hinaus gewesen wäre

ANGELIKA GROSS

Totengeistlibelle

durch Winde
leise schwebend
schillern gläserne
Geschöpfe

anderweltig
kommend
gleiten sirrend
sie dahin

überbringen
tröstend
geheime
Botschaften

nur der Glauben
macht es wahr

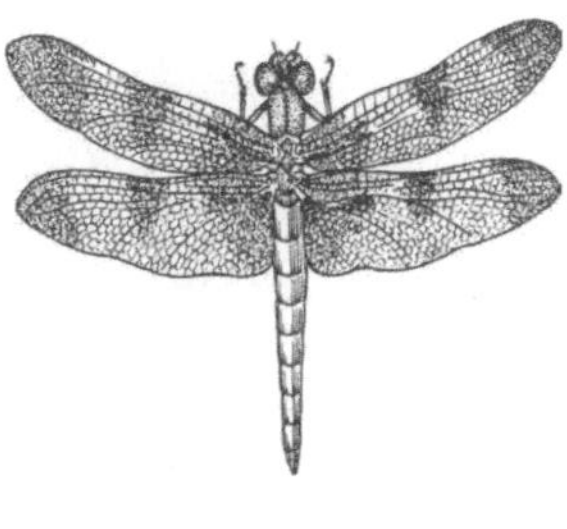

THOMAS RACKWITZ

der überschallkäfer

der überschallkäfer versteht kein latein
und müsste sich öfter rasieren
sein doppelbödiger widerschein
so sagt man lässt blumen erfrieren

er ist schon x-tausende jahre alt
schrieb shakespeares verschollene dramen
sein panzer liegt manchmal im hinterhalt
auf hypothetischen samen

das blöde ist nur dass er aussterben wird
er ist doch der einz‘ge der art
wie oft ist er hin- und hergeirrt

um das und dies zu verstehn
die zukunft ist für ihn die gegenwart
drum hat ihn noch niemand gesehn

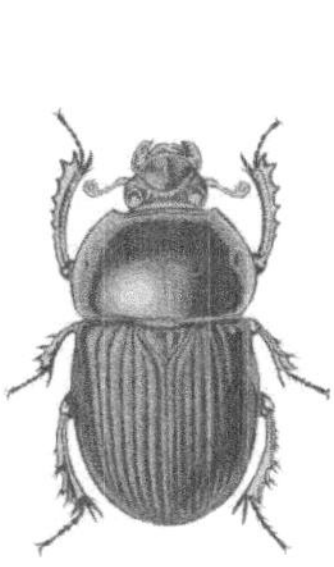

Antje Mesdag
Skarabäus

Wie es wohl ein jeder weiß,
auch Kamele machen Scheiß,
der ab und zu nach unten fällt
und eine Menge Dung enthält.

Warm liegt er da, der große Haufen,
schon kommen sie daher gelaufen.
Die dicken, schwarzen Skarabäen
haben die Leckerei gesehen.

Der kleinen Tierchen Freud‘ ist groß
über diesen tollen Kloß,
denn der Pillendreher frisst
wirklich den allergrößten Mist.

Hat er das Häufchen erst gefunden,
kreist er mit diesem seine Runden.
Es wird gerollt, es wird gedreht,
bis eine Kugel so entsteht,

die er zum Bau schiebt, frohgemut,
als Nahrung dienend für die Brut.
Fast schon verlässt ihn seine Kraft,
doch endlich hat er es geschafft.

Von diesen Huftierexkrementen
ernähr'n sich die intelligenten
der Pillendreher Leibeserben,
damit sie nicht des Hungers sterben.

So ist der kleine Wüstenkraucher,
der wirklich wahre Endverbraucher,
der trotz alledem glücklich ist,
selbst wenn er nur Fäkalien frisst.

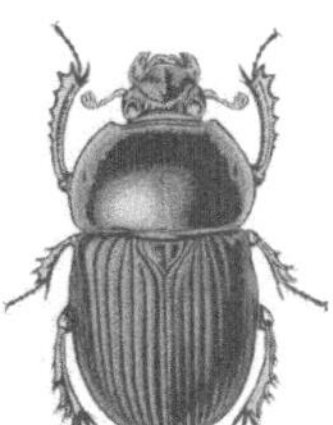

THORSTEN LIBOTTE

Ameisenbär

Ich arbeite schon seit Anbeginn beim Staat,
ich schütze die Läuse mit Säuretropfen.
Ich war bei den *Mycelien*, uns'rer Saat,
ich höre etwas auf den Boden klopfen.

Ich sehe keinen Zahn, nur Totenaugen,
eine Wurmzunge schnellt, mich einzusaugen.
Die ganze Arbeit für Königin und Staat!
Zum Glück hatte ich mich vorher gepaart.

SÖREN HEIM

die zeichen

ins spinnnetz sacht
fällt der sonne herbstlicht

matt silbrige karden zittern im hauch
eines tückischen windes,
der schleicht um verschraubte
sich noch bergende schlackse in scheckigem laub.

da staubt tau. da zupft es am faden.
da wacht die giftge, die lauert
da zergraben haarige zangen kauend ein tiefrotes blatt.
auf diesem steht brüchig
unverbrüchliches auch:
du kannst kaum des winters mehr leugnen.

PETER ETTL

Dankadresse an eine kretische Spinne

weil du mich nicht
gebissen hast obwohl ich
faulkner las und mit dem
zeitweise abgelegten
buch dir beinahe ein bein
gebrochen
weil du im hintergrund
mein vordergründiges
touristenleben verschönt
hast weil du
mir beine machtest
und damit statistisch mein
leben um 0,3 Sekunden
verlängert hast
weil du eben nicht
und das macht dir
keiner nach

EVA MASTHOFF

Arachne am Morgen

September-Kühle
wie hingehaucht
über Efeu und Buchsbaum-Kuppel
feucht schimmernde Netze
nicht zu dicht hintereinander
Fäden wie von Elfenhand gesponnen
gezupft von der achtbeinigen Traumfängerin
wie die Saite einer Gitarre
Vom Morgentau verwandelt in Perlenschnüren
enttarnen sie glitzernd die Falle
Seidengespinst
Tauperlen-Tiara
Myriaden magischer Wörter
in denen sich das Licht bricht
Keine Falle für dich
Unsere Lebensfäden hältst du
halte ich fest in der Hand

THOMAS RACKWITZ

an die namenlose maus

elend ist das los des schuldners
was die maus verbrochen haben muss
die an dem zersprungenen flaschenhals
hängenblieb und verblutete
niemand der sie befreite
sie die zwischen den welten
zu hause war
in ihrer seele formt sich
ein schwarzes loch
je länger ich hinseh
desto mehr verliert die gegend an farbe
verwächst sich das unkraut
das den kadaver gleichgültig bettet
ich hätte gerne ihren namen gekannt
um an sie zu erinnern
in einem gestein
für eine ewigkeit
die solange gilt
bis niemand mehr da ist
der die worte versteht

HANS-GEORG GOHLISCH

Mulle Munkelbach

Der Maulwurf Mulle Munkelbach
liebt – unterirdisch – seine Ruh.
Er mag im Dunkeln keinen Krach,
trägt Socken nur und keine Schuh.
So schleicht er leise durch die Gänge,
setzt in die Gärten kleine Berge.
Er fühlt sich wohl in dem Gedränge –
und ... oben ... purzeln ... Gartenzwerge.

ANNELIE KELCH

Kleine Frosch-Story

Mittags, bei flirrender Hitze,
saß ich am Priel im Grase;
Wiesenschaumkraut
kitzelte meine Nase.

Rinder vertrieben
im Liegen
schillernde Fliegen,
sabberten greis;
ich hüpfte heimlich und leis'
ins kühlende Schilf
und quakte dem
feisten Sumpfdotter:

„Heiß ist der Sommer, gelle,
my golden dear? Und er wird
von Tag zu Tag hotter."

JOCHEN STÜSSER-SIMPSON

Lyrisches Aquarium

Und Kindern sollte man Aquarien schenken
die sanft beleuchtet sind mit fahlem Licht
sie werden langsam sich versenken
und tauchen ein in neues Gleichgewicht
in einen anderen Ort, in eine neue Welt
mit großen Augen werden sie dann schweben
und es verlieren sich Konturen beigesellt
den schönen Fischen träumerisch sie leben
wenn ihre Lippen leicht das Glas berühren
sind ganz bei sich sie und in eins
stirbt ohne Laut einmal ein Fisch werden sie spüren
dass dennoch Grenzen sind die Endlichkeit des Seins

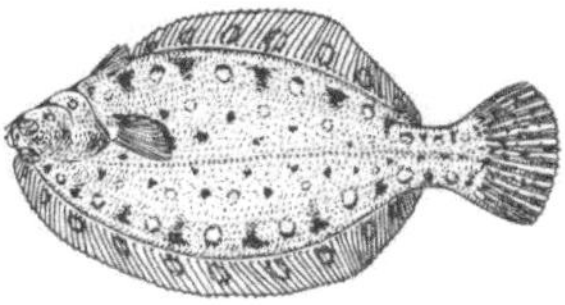

GÜNTER LANGENBERG

Eine Art Regenfrosch

Der Kurzkopffrosch – ein Winzling aus
Südafrika – ist dort zuhaus,
wo's Wüste gibt. Er bläst sich auf,
er quietscht und weiß genau, worauf
es ankommt, um sich darzustellen.
Er frühstückt Mückenfrikadellen.

Belästigungen, Ungemach
und Stress nimmt er der Reihe nach.
Er reagiert mit spitzen Schreien,
als ob sie nicht die seinen seien.
Sein Kopf ist aberwitzig kurz.
Bei seinem Anblick staunt man. Hurtz!

GÜNTER LANGENBERG

Fehlverhalten

Meiner schimmelweißen Rättin
stell ich einen Napf mit Fett hin.
Ich stell ihn ihr hin, damit
sie in diesen Fettnapf tritt.

Doch was tut das Tier stattdessen?
Unverschämt und pflichtvergessen
rennt es erst ums Näpfchen rum
und wirft dann das Näpfchen um.

Da ich mit der weißen Rättin
als Verhaltensforscher nett bin,
wiederhol ich den Versuch,
bis ich meinen Job verfluch.

WERNER CHRISTIANSEN

Fataler Irrtum

Es treibt den Aal ganz ohnegleichen
in das Sargasso-Meer zum Laichen.
Doch einer, darauf nicht erpicht,
vertraute dieser These nicht.

Einen Weg, derart beschwerlich,
hielt er für total entbehrlich
und wählte störrisch und debil
zum Laichen sich ein anderes Ziel.

Aus Aalen nämlich, dachte er,
da kämen Aale wirklich her
und machte somit guten Muts
sich auf den Weg 'back to the roots'.

Schon unterwegs, nicht weit von Kiel,
zog ihn ein Fischer aus dem Siel.
Deswegen sollte der Verwirrte
auch nie erfahren, dass er irrte.

Gleichwohl, auf schicksalhafte Weise,
gelangte er ans Ziel der Reise:
Denn dort, in Aalen, endet er
zum Schluss als frisch geräucherter.

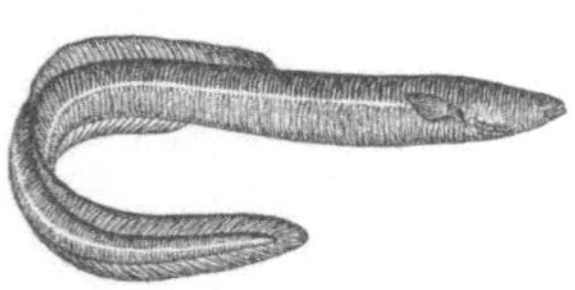

WERNER CHRISTIANSEN

Reingelegt

Es strebte eine Fledermaus
aus ihrer feuchten Höhle raus.
Sie wollte nicht mehr in den Gängen
apathisch von der Decke hängen.

Ein Maulwurf häufte Hauf auf Haufen
und wünschte sich, mal zu verschnaufen.
Die Plackerei war eine Bürde,
wenn er bloß fliegen können würde!

Er sprach von seinem Maulwurfshügel
zur Fledermaus: „Ich möchte Flügel.
Ich schlage vor, du gibst mir deine,
und du kriegst meine Schaufelbeine.“

Die Fledermaus war etwas schlicht
und sah den Haken daran nicht.
Sie sagte ja zu diesem Deal
und dachte sich dabei nicht viel.

Tagaus, tagein hat sie bis heut
den irren Rollentausch bereut.
Gejagt von Marder, Hund und Eule,
hilft ihr kein Zetern und Geheule.

Der Maulwurf, frei von alten Zwängen,
lässt gerne sich jetzt auch mal hängen.
Er machte sich den Deal zu Nutz
und hat zudem noch Artenschutz.

LUFTWIRBEL

CARMEN JAUD

Ornithology

Ein erster Vogellaut treibt durch
das Riedgras durchkreuzt
die Dämmerung vor den geflügelten Fenstern
der Morgenhimmel ein Notenbild

für die Sänger sind Lineaturen
durch die Luft gezogen nach und nach
nehmen sie Aufstellung in den Tonlagen trillern
die Soubretten gefiederte Koloraturen

auf der mit Frühlicht ausgeleuchteten Bühne
formiert sich der luftige Chor
zur Ouvertüre des Tages

hinter geflügelten Fenstern stürzen
vielstimmig zarte Schwalbenschreie
in die Träume

MICHEL ACKERMANN
Koko

da bist du auf deiner
holzrunden stange gesessen
dein vogelkopf hat nach vorne gezuckt
erwartungsfroh hast du
nach geselligkeit gerufen hallo hallo
oder sitzend wie eine eule wachsam geschlafen

als kakadu unter uns menschen wurdest du koko genannt
und jemand ließ verlauten du wildes ding
könntest gefangen 100 jahre werden viel älter
als in der freiheit der urwälder
wo man dich fing

den vogelkäfig hast du dennoch
gehasst an der tür gerüttelt gegen das unbill ich
höre heute noch den metall'nen klang sehe
deinen bogenschnabel grauschwarz wie er immer wieder
die gold'nen gitterstäbe der tür auf
beißen will den plastik-verschalten boden herum
schüttelt meist ohne erfolg nur einmal
hast du den verschlussstab so lange
zerknüttelt bis das gatter
aufsprang und

deine gelbe haube hat sich vor freude
erhoben ein willkommensruf
ein markiger schrei 120 dezibel wir liefen herbei
die balkontür war offen
dein überraschungskreischen wurde zum
jubeljauchzen als du in den
himmel aufgestiegen bist.

HERMANN RUF

Wer den Schaden hat ...

Ein Jäger
hat

eine fliegende Ente
geschossen.

Warum
wurde das

in der Stadt
hämisch erörtert?

Die Ente
fiel

auf einen
Jagdgenossen

und
hat ihn

in
das Land

der Träume
befördert.

PETER ETTL

Draußen zu spät

der frost erzählt mir das
märchen vom weißen raben
der stochert im himmel
nach vergessenen sternen
die erinnerung einer krume
krault ihm den kopf
drei meter misst die achtung
des katers ein zirkel der
ehre

PETER ETTL
Wasseramsel

knapp über schießendem
wasser baut die
amsel auf ewigkeit
im flachflug surft sie
auf menschen pfeift sie
im steinschlick harrt sie
der kommenden dinge und
knickst sich ein im
rock‘n‘roll des frühlings

ANGELICA SEITHE

Aufbruch der Stare

Als rühre man durch einen Korb
mit Körnern
und Spelzen flögen auf

Bis prasselnd sich der Baum entlaubt
Ein Netz aus Vögeln kreist
und fängt die Krone wieder ein

Noch dieses eine Mal
Dann ziehen sie fort
Das Jahr wird alt
In unsern Augen
sammeln sich die Stare
Graue Tücher zwischen
dir und mir

Lass uns nach Süden schlafen
Lass uns einfallen
in die Verästelungen großer Ruhe
auf besonnten Plätzen
zwischen Haut und Meer

SABINA PÄCHNATZ

Zugvögel

Heute stand ich im Garten.
Die Luft war frostklar und die Blätter
Lachten leise den Geschichten des Sommers nach.

Die Bank ruhte ganz still in der kalten Sonne.
Sie spiegelte die Schatten fortgereister Gäste.
Kein Rufen war zu hören.

„Nicht stehen bleiben", sagte ich mir
und spielte meine Gedanken zum fließenden Strom,
den ich unsichtbar hinter meinem Haus in die Wiese
gebettet habe.

Für einen Moment verlor ich die Gegenwart.
Der Duft wilden Wassers erfüllte die Luft
Und unverhofft traf mich ein Urklang – Musik.

Über dem geheimen Fluss an meinem Haus
sah ich das wellengleiche Bild zarter Luftwirbel,
das tausende von Flügelschwingen
in ihrem Auf und Ab an den Himmel zeichneten.

Nicht aufzuhalten!
Diese Schönheit!
Heiser vor Sehnsucht erhob sich mein Herz.

MICHEL ACKERMANN

schnee schnee schneeeule

bubo scandiacus mit
weiß gefiedertem krallenfuß
gehörst zu den eigentlichen eulen unter
den uhus mit ein und einem halben meter flügelspann
bist ein opportunistischer jäger dann wenn
du andern aas abjagst
einzelgängerisch
bis in die weiten vor quebec
auf der anhöhe sitzend beobachtest alles
brauchst kein versteck hast
deine feinde und die beute im visier.

schnee schnee schneeeule
bist ein vogel ohne gesang
nur zur balz da lockst du: ein
bellend langes rufen huu huu huu
ein tiefes krächzen für die grenze: das revier
denn nach dem balzflug präsentierst du dann
als männliches getier dem weibchen einen
lemming in eulig galanter manier
dem folgt das paaren in der gänze
einer engelsstellung bubo bubo
du bist klug und treu
wohl lange zeiten monogam
und wie die meisten tiere eher scheu.

BRITTA LÜBBERS

Schnee-Eule im Botanischen Garten

Ein Federding, ein Vogeltier, das alles weiß
Und alles ahnt, so hockt sie hinter einem Draht
Der Uhu nebenan dreht seinen Kopf im Kreis
Sie wendet nur den Blick, wenn ein Besucher naht

Der Uhu hat mit seiner Frau der Kinder drei
Die wurden alle in der Eiffel ausgesetzt
Mag sein, sie hätten ihren Nachwuchs gern dabei
Der Zaun vor ihrer Welt ist kalt und abgewetzt

Vom Krallentritt und von den vielen Schnabelhieben
Die Eule träumt vom Schnee, sie schläft und wacht allein
Ein heller Sträfling unter grauen Tagedieben
Schließt sie ihr wildes Selbst in ihrem Innern ein

BRITTA LÜBBERS
Jenseits der Kanaren

Sein Käfig stand
beim Nachbarn auf der Fensterbank
zwei Schuhkartons hoch
lag Schnee im Winter
wuchs Gras im Sommer immer
der Blick in den Garten doch allein
baute er kein Nest aus Federn
Henna und Moos

kannte er nicht
saß auf seiner Stange reglos
nach innen gewandt als erinnerte er sich
an das Murmeln der Mönche
im spanischen Kloster die Schatten
ihrer Kapuzen im Kreuzgang den Fels
aus Wolken über den Kanaren den Schlag
des Ruders tagein und tagaus das Zittern
der Kompassnadel den Strich
den der Entdecker akkurat
über ein leeres Blatt Papier zog
obwohl ihm die Hände zitterten
an eine Melodie

aber er sang nicht
ein einziges Mal
sperrten sie ihm das Türchen auf
da waren zehn und fünfhundert Jahre
und auch er vergangen
sie legten ihn zum Kompost
eine modrige Frucht war er leichte Beute
für die Nachteule sie trug ihn
wie eine Mango den Sternen entgegen
sein einziger Flug

JIRI KANDELER

Die Möwe

Die Möwe setzt sich auf das Meer,
und dort lässt sie sich treiben.
Sie könnt‘ auch fliegen – bitte sehr,
indes, sie lässt es bleiben.
Die Möwe treibt nicht ohne Grund,
Pause machen ist gesund.
Und glücklich ist, wer dann und wann
sich auch mal treiben lassen kann.

HANS-GEORG GOHLISCH

Brzycenek

Der kleine Sittich Brzycenek
flog heimlich aus dem Zimmer.
Noch schlimmer – – –
er verließ das Haus.
Geseh'n wurd er nie-nimmer!
Der Brzycenek –
ich glaub's jetzt auch –
ist einfach weg ...
für immer.

BEATE RICHTER
Eisvogel

In dem Jahr
als mich der Krebs
erwischte
hab ich dich
wie nie zuvor
in meinem Leben
gleich mehrmals
ganz verzückt
erblickt.
Das war wohl
ein gutes Omen
denn den Krebs
hat's nun erwischt.
Vielleicht hast du
ihn weggefischt!

PAOLO PARISI

Wildgänse ...

... hörte die mastgans während ihres kurzen lebens
am himmel vorbeiziehn.
sehen konnte sie diese nicht, denn sie war kurzsichtig,
und ehe sie sich's versah
schon gestorben.

GERBURG TSEKOURAS

Ungebetene Gäste

In meinem Sommerhäuschen
in der Luke unterm Dach
ein Vogelpärchen
baute sich sein Nest
und als ich kam
nach langem Winter
fand ich den Platz auf der Terrasse
wo ich zu sitzen pflege in der Sonne
beschmutzt mit Vogelkot
mit Stroh und Federn

Ich wollte zürnen schon
doch dann
sah ich die Vogeleltern
ängstlich äugen aus der Ferne
wer da wohl eindrang
in ihr kleines Reich
Sie trugen Beute in den Schnäbeln
für ihre Brut
die hungrig schrie nach Futter

Mit Todesmut an mir vorbei
huschten sie endlich in ihr Nest
den Hunger ihrer Kinderlein zu stillen
Und so ging's Tag für Tag
bis schließlich
fünf muntre Vogeljunge
übten ihre Flügel

Ich hatte Freude an der kleinen Schar
war reich belohnt
für allen Unbill
den sie mir bescherten
und dachte oft bei mir im Stillen:
In meinem großen Haus ist Platz für viele
und sei es auch für ungebet'ne Gäste!

ESTHER ACKERMANN

Schwan

Voran strömt der Schnabel
Die Flügel schwingen schwer
Sich los vom Wasser

Betten den Gesang beim
Landen zur Kielstille
Unter die weiße Fermate

Schlafwandelnde Noten
Senken die Hälse suchen
Rusalkas Pastillendose

Zwischen Kieseln und
Kiemenatmern
Für die kühle Klage

Andere Schwäne tauchen
Die Köpfe ins Wasser
Lauschen

Esther Ackermann

Storch

Im Horst auf dem Wagenrad
Über dem Schornstein werden
Die Kleinen zum Rand geschubst
Wer weiß ob das Rad nachts nicht
Rollt und das Seinige tut

Im Teich den noch keiner
Gesehen hat müssen sehr tief die
Anderen Kleinen liegen warum sonst
Wäre der Schnabel so lang und rot
Gewiss heilig

Klappernder Schamane
Der keine Frage duldet
Ob er bestechlich sei von denen
Die er am Wickel packt

SIGUNE SCHNABEL

Spiegel

Den Sand ihrer Träume
gab sie den Vögeln.
Jeden Morgen mischte sie
den Putz
ihrer Luftschlösser
unter die Körner,
bis der Gesang weicher wurde
und vertraut.

SIGUNE SCHNABEL
Im Winterschlaf der Zeit

Meine Seele ist ein Steinbruch.
Unter der Sonne schlafen
Falter und Echsen.
Nächte wandeln über Gräser,
und Tage tropfen zwischen Risse.

Im Schutz des Bodens
schreibt sich meine Geschichte
felsengrau.

Doch manchmal verwischt ein Vogel
am Horizont
mit kraftvollem Flügelschlag
die Linie zwischen Himmel und Erde,

und Augenblicke blinzeln
im Gestein.

ANNELIE KELCH

Halte dein Herz offen

für den einsamen
Vogelschrei,
der in letzter
Sekunde
die vergeudete
Stunde
rettet

LARS O. HEINTEL

Das Elend der Spechte

Eine sozialkritische Milieustudie

Der Specht nimmt gern mal Aspirin,
denn häufig plagt ein Kopfschmerz ihn.
Dann fragt er sich, was in der Welt
man wohl von seiner Arbeit hält.
Denn laut ist sie und nicht sehr nützlich,
für keinen als den Specht ergützlich.

So langsam ist er selbst es leid;
er macht auf Arbeitslosigkeit
und denkt bei sich: Verflixt, mir dämmert:
Wie war ich doch so lang behämmert,
mit meinem Kopf auf Holz zu klopfen;
kann mir den Schnabel anders stopfen!

Statt Larven aus dem Baum zu ziehn
muss ich mich jetzt nicht länger mühn
und lebe kopfschmerzfrei recht fein
vom Geld auf Arbeitslosenschein.
Das find ich gut, feixt auch die Made:
Um diesen Kerl war‘s echt nicht schade!

ANDRÉ W. KORSCH
ohne titel

ein windschrei begleitet den abgang der krähe
die graureife blätter nach unten in die furchen
der felder abwirft

ein kind spuckt feuer in die wolken hinein sticht
sein drache und himmel
tropft auf einen nasskalten boden

der morgen ist pflügbar an einem wie diesem
flächenmaß welches
die krähe vom baum aus abfliegt

ein morgen (mg)

WUNDERLICHE WESEN

SÖREN HEIM

beim anblick der leguane an der küste galapagos

du interessierst kaum. mit grauem fels verwachsen
nimmt man dich als teil der landschaft wahr
ein palmwedel, ein toter baum, ein fiebertraum
so nimmt man dich wahr. wer will dich kennen?
dein schuppig haar? wie es in strähnen
dir rechts, links, vom rücken fällt
die krüppelbeinchen, wozu die taugen?
der panzer, matt, die verschlafnen augen
der schlangenschwanz.
man registriert dein gähnen hinter sonnenglanz
man sagt: da gähnen stein, strand, baum
drum wogt die see. auf wogen: schaum.

wie dagegen schimmerte das chamäleon
mich einst aus des gewebten waldes grüne an
dabei es strebt, sich zu verstecken.
das flimmern asynchroner augen:
ich glaubte mich darin so ganz begriffen.
im d'Orsay trägt's bunte schecken
und graues macht's bunt auf straß' und mauer
mich erinnern.
ein chamäleon trägt nachts trauer.
es spiegelte mich ins erschrecken:
malt diese haut nicht morgen schon?
ist dabei stets heut: chamäleon?

bild bricht im schaum an zahmen riffen
du interessierst kaum. mit grauem fels verwachsen
nimmt man dich als teil der landschaft wahr.
kein seemann kommt, dich zu entdecken
und manchmal scheints, folgt fernen schiffen
sehnsüchtig dein steinern blick
als gehörst du fort, und doch hierher, als blickst du dort
dabei: zurück.
ein palmwedel, ein toter baum, ein fiebertraum.
was hat dich aus dem meer getrieben?
welch missverstand warf dich an land?
die krüppelbeinchen, wozu die taugen?
und die verschlafnen augen?

ist es wohl so: dass einstmals die neriden
als war atlantis nötig untergang beschieden
sich zu neuem grund aufmachten?
dass die welt sie fanden wie sie mich fand?
dass von sitten und gebräuchen, vom alltäglich tun
sie nichts verstanden? vielleicht weinend lachten?
weshalb sie nun, auf lederbäuchen
ruhen, in bescheidner sonn?
fand so fischgott, in menschenwerdung
vielleicht, gestrandet, exenerdung?
O! wie dagegen glänzt das chamäleon!

du interessierst kaum. mit grauem fels verwachsen
nimmt man dich als teil der landschaft wahr
ein palmwedel, ein toter baum, ein fiebertraum
so nimmt man dich wahr. wer will dich kennen?
dein schuppig haar? wie es in strähnen
dir rechts, links, vom rücken fällt
die krüppelbeinchen, wozu die taugen?
der panzer, matt, die verschlafnen augen
der schlangenschwanz.
man registriert dein gähnen hinter sonnenglanz
man sagt: da gähnen stein, strand, baum
drum wogt die see. auf wogen: schaum.

URS SCHWARZ

der kapuzineraffe

als greifschwanzaffe hat der grade eben
im titel ordentlich von mir genannte
verschiedene umtriebige verwandte,
die nur nach ihrem eignen wohle streben:

der klammeraffe scheint im blitzgewitter
possierlich den privatbesitz zu preisen,
und rücksichtslos dröhnt seine lauten weisen
der brüllaff durch die schweren eisengitter.

beharrt man als besucher aber kleinlich
darauf, die glaubensbrüder zu begaffen,
die auch wie er um fremde seelen bangen,

ist dies der zooverwaltung etwas peinlich:
„man hat von all den franziskaneraffen
bisher, gott sei‘s geklagt, erst ihn gefangen.“

CHRISTIAN ENGELKEN

Kakadu und Marabu

Der Kaka war
der Ältere
und bot dem Mara an
das Du –

doch Seine Hässlichkeit,
der arrogante Mara,
hustete nur: „Bu!“

KARIN BOTTKE

Der Hüttengärtner

Liebe lässt ihn einen Garten anlegen,
den gefiederten Laubenbauer.
Im fernen Papua-Neuguinea
ein Haus bauen in lieblichem Design.
Einen Quadratmeter und mehr,
auf stets peinlich reinem Grund:

Um einen Baum eine Säule,
tragender Pfeiler der Zweisamkeit.
Ein Dach aus Orchideenstängeln,
architektonisch anspruchsvoll.

Liebe lässt ihn Blumen ausstreuen, rote.
Beeren und schwarze Käferflügel.
Auf einen Teppich aus grünem Moos,
geschmackvoll arrangiert zum Reiz.

In kleinen Häufchen wegweisend
zu zeigen, hier ist einer auf der Balz,
fit und gesund. Fleißig und geschickt.
Ohne zu wissen, wer kommt –
wenn nur wer kommt – in die Liebeslaube
zur Paarung.

So viel Mühe für so viel Ungewissheit.
Und beim Brüten
der sichere Blick vom Baum – hinab
auf das Anwesen, das Liebeswerber war.

KARIN BOTTKE

Schnabeltier

Biologisches Kuriosum
Deine Heimat Tasmanien,
größte Insel Australiens,
grüner Smaragd.

Wunderliches Wesen,
einzige Art deiner Familie,
wie soll ich dich beschreiben?
Du biegsamer Entenschnabel
mit den Nasenlöchern zum Schnorcheln.
Wenn ich deine Füße betrachte,
Du eierlegender Maulwurf.
Du plattes Biberfell,
wenn ich von deinem Körper spreche.

Meisterschwimmer
Süßwasser dein Element,
ideal für den Akt der Paarung.
Höhlen in der Uferböschung als Zweitwohnung.

Säugetier –
wer sah deine Jungen je schlüpfen?
Diese kleinen Lutschlinge
an den Drüsenfeldern im Fell ihrer Mutter.

Nachtaktiver Einzelgänger
in deinem selbst gegrabenen Bau
gründelnd, erbeutest du Kleintiere,
Lebendfutter
mit den Hornzähnen zerkleinernd ...
Schnabeltier.

KARIN BOTTKE
Wombat

Australien hat eine
unglaubliche,
unwirkliche,
wunderliche Tierwelt.

Wombat, Sportler in den Disziplinen
Klettern,
Schwimmen,
Rennen,
Graben.
Du bist kein Knuddeltier,
doch du siehst aus wie
ein Schweine-Teddy-Bär.

Du bist klug,
du stämmiges,
plumpes Beuteltier,
den Beutel nach hinten,
damit du ihn beim Buddeln
nicht versehentlich
mit Erde füllst,
sehr klug.

Nachtaktiver
Pflanzenfresser,
der du für deine Nahrung
keinen Supermarkt
brauchst
und keine Zahnbürste –
deine wurzellosen Zähne
wachsen nach.

IRIS KÖHLER-TERZ

Faultier

Ein Faultier hängt ganz munter
von einem Ast herunter.
Es denkt: Was soll ich denn schon tun,
als jeden Tag mich aus zu ruh'n?

Ein Faultier bin und bleibe ich.
Faulenzen, das ist gut für mich.
Ich lass mich hängen jeden Tag,
ganz einfach, weil ich es so mag.

Ich bin von diesem Tier begeistert,
davon, wie es sein Leben meistert.
Das würd ich auch zu gern so machen.
Doch gibt's da was, das wär zum Lachen,

wenn's nicht zum Heulen traurig wär.
Doch fällt es einfach mir zu schwer.
Ich komm nicht auf den blöden Baum!
Faul rumzuhängen bleibt ein Traum.

Michaela Meyer

Regeneration

Ein Zebrafisch, der brüstet sich:
„Die Forscher, ja, die lieben mich!
Die Wissenschaft mit mir im Bund
macht Menschen rundherum gesund.
In naher Zukunft, du wirst seh'n,
ist Alzheimer dann kein Problem."

D'rauf sagt der Axolotl:
„Bist du etwa ein Trottel?
Ich mag die Forscher gar nicht gern,
am besten wär', sie blieben fern!
Ihre Besuche bringen Pein,
oft fehlt mir hinterher ein Bein!"

„Das ist doch toll!", freut sich der Fisch,
„Dein Bein wächst nach – ganz neu und frisch!
Das Wunder Regeneration,
sie wollen es – wir haben's schon!"

„So werden wir zum Star –
mit Glanz und Gloria!
Sei doch nicht undankbar!"

Betrübt denkt Axolotl:
Was nur Vermutung war,
jetzt ist es sonnenklar –
der Fisch ist echt ein Trottel!

JIRI KANDELER

Schlingelschlange

Eine kleine Schlingelschlange
Fand mal eine Zuckerstange.
Die tat sie gleich im Stück verputzen,
jetzt kann man sie als Stock benutzen.

JENS RUDOLPH

Das Krokodil

Es sprach zu mir das Krokodil:
„Ich hab ihn satt, den blöden Nil!
In jedem Krokodilsgedicht
macht man mir diesen Nil zur Pflicht.
Es ist doch wirklich eine Schande,
dass die gesamte Dichterbande
wie ehedem und hergebracht
nur diesen Reim sich auf mich macht.

Dabei gibt's tausende Gewässer
in denen schwimmt sich's zigmal besser.“
So räkle sich vor Alicante
seine Alligatorentante,
sein Freund, der China-Alligator
schwärme vom Tuul in Ulan Bator
und erst der Breitschnauzenkaiman,
der suhle sich im Jeruslan!

Ob Saale, Themse, Rio Grande,
selbst wenn es in der Pleiße lande
sei's ihm egal, Hauptsache flüssig,
des Nils sei völlig überdrüssig
es und zum Äußersten bereit,
wenn man es endlich nicht befreit,
ihm wär es nicht einmal zu dumm
im städtischen Aquarium.

Kopfschüttelnd wendete ich ein:
„Auf ewig bindet euch der Reim!
Gern schenkte dir ich wie dem Leser
ein Bad in Tiber oder Weser,
doch leider reimt auf Krokodil
sich wohl kein bessres Domizil,
ist doch die Bucht vorm schönen Kiel
Alligatoren viel zu kühl."

Das war dem Krokodil zu viel,
drum brüllte wütend das Reptil:
„Selbst irgendwo im Nirgendwo
ist's besser als im Verse-Zoo!"
Ihm sei's genug, es flüchte
jetzt in eine Geschichte.
(Woraufhin das Krokodil reimlos davonschwamm
und nicht mehr ...)

PAOLO PARISI

Begegnung mit einem Tintenfisch [/In einem Café II]

[in einem café hängt an der wand
am ende des raumes ein aquarium,
das dem auge ein freudiges
farbenspektakel darbietet :
blau lässt tausend blicke ...
versinken unterm meer,
aquarium endlos ohne scheibenglas,
mit bunten schwärmen beseelte früchte
schwirren durch unerreichbar paradiesische
gefilde des grundes;
ein tintenfisch im glasgebilde taucht auf,
er wechselt die farbe im schoße
des alten gesteins, die menschenmenge
beobachtend, mit halbgeöffneten knopfaugen,
bis er sich entdeckt glaubt, entschwindet,
im hintergrund einer irreal anmutenden
unterwasserwelt, die, aus der nähe betrachtet,
nur ein sich wiederholendes video
in einem plasma-bildschirm ist]

AUTORINNEN UND AUTOREN

Ackermann, Esther, * 1962 in Thun, lebt in Worb (Schweiz). Germanistin und Theaterwissenschaftlerin Lic. phil. Arbeit als Dramaturgin, Lektorin, Rezensentin, Sekretärin einer Präsidialabteilung, Koordinatorin und Dokumentalistin des Schweizerischen Literaturarchivs, Bern. Mehrfach ausgezeichnet, viele Veröffentlichungen.

Ackermann, Michel lebt seit 1997 als Musikpädagoge und als Gelegenheitskomponist in Berlin. Kompositionsstudium und Jugend als Jazz-Pianist. Interessiert sich mehr und mehr für einen systemischen Umgang mit Sprache und kreativen Bedeutungszuordnungen. 2016 Lyrikdebüt im chiliverlag mit Stimmwirbel.

Baudy, Christian, *1960, Anglist, promovierter Sprachlehrforscher, freier (Online-) Journalist und Bildungsautor. Veröffentlichungen: Fachpublikationen zu Sprachspielen, Bildung für nachhaltige Entwicklung, Glossen und Reportagen. sowie Gedichte in diversen Anthologien.

Baumgart-Fütterer, Ingrid, *1954, arbeitete jahrzehntelang als Lehrerin für Pflegeberufe in der Aus-, Fort- und Weiterbildung. Sie ist stolze „Besitzerin“ von drei Katern, die mit ihren Macken und Streichen ihre Fantasie beflügeln.

Bottke, Karin, *1948, wohnt und arbeitet in Helmstedt. Fernstudium Belletristik, seit 2006 betreibt sie eine Schreibwerkstatt im Pförtnerhaus St. Marienberg. Neben Veröffentlichungen in Zeitschriften entstanden auch Anthologien und eigene Werke.

Buddensiek, Renate, *in Essen, lebt in Ratingen, Anglistik- und Romanistik-Studium, Übersetzer-Diplom IHK Bonn, 8 Jahre Großbritannien, Deutsch-Unterricht für Ausländer, Übersetzungsarbeiten, schreibt Lyrik u. Kurzprosa, auch für Kinder.

Büerken, Pitt, (Peter Sedlacek), *1945 im Münsterland. Studium der Germanistik, Philosophie und Geographie. Wissenschaftliche Tätigkeiten an den Universitäten Münster, Jena und der ETH Zürich. Lebt heute wieder in Münster. Er schreibt Gedichte und Erzählungen. Veröffentlichungen in Zeitschriften und Anthologien.

Christiansen, Werner, Lehrer i. R., seit seiner Pensionierung schreibend tätig. Einige seiner Gedichte sind in Anthologien und Zeitungen veröffentlicht worden.

Cuba, Geggy / Gertrud Cuba Cumplido, *in Wien, freiberufliche Tätigkeiten als Sängerin und Oboistin, betrieb Schreiben bis vor Kurzem nur als Hobby, schreibt Romane und Lyrik.

Engelken, Christian, *in Hannover, Kaufmännische Ausbildung, Studium der Germanistik, Musikwissenschaft und Philosophie in Göttingen und Hamburg. Greenpeace-Fördermitglied, Mitglied bei der Herbert-Gruhl-Gesellschaft u. m. Intensive Beschäftigung mit Lyrik und Umwelt seit den 80er Jahren.

Ettl, Peter, *1954 in Regensburg, lebt als freier Schriftsteller in Marklkofen (Bayern). 38 Bücher, zuletzt: „Noch Hundert Lichtjahre bis Buffalo“, „Eintauchen in lichthelle Düsternis“, Literarische und fotografische Begegnungen mit Island, 2014. Kulturförderpreis der Stadt Regensburg. Kulturförderpreis Ostbayern.

Glatz, Helmut, Lehrer, Rektor i.R. Schreibt Kinderbücher, Theaterspiele und phantastische Geschichten für Erwachsene. Spielleiter des Marionettentheaters „Am Schnürl“ in Kaufering. Gründer und Organisator des Landsberger Autorenkreises. Viele Veröffentlichungen

Gohlisch , Hans G., lebt in Wuppertal, ist sehgeschwächter Diplom-Designer und hat für sich die (komische) Lyrik entdeckt.

Gonserowski, Annette, lebt im Sauerland und in Spanien. 7 Bücher sowie Veröffentlichungen in Anthologien des In- und Auslands, im Rundfunk und TV. Lesungen u.a. beim 1. Lyrik-Festival auf Nord-Zypern, Preisträgerin des Alfred-Müller-Felsenburg-Preis für aufrechte Literatur.

Groß, Angelika, *1953 in NRW, hat Kinder, einen Mann und Familienhunde. Durch ihre Kreativität erfüllt sie sich einen Traum. Veröffentlichungen auch unter dem Pseudonym Alayna A. Groß.

Großmann, Heike, *1977 in der Uckermark, lebt in Dresden, betreibt Presse- und Öffentlichkeitsarbeit, bereist gern die Welt, hat immer eine Kamera dabei, schreibt seit einigen Jahren Lyrik.

Hadwiger, Dr. Heinz-Helmut, *1941 in Wien, neben Studium der Rechts- und Staatswissenschaften Ausbildung zum Buchhändler, Promotion zum Dr. jur. in Wien, seit 1996 freischaffender Dichter und Schriftsteller.

Heim, Sören, *1984, studierte Englisch, Slavistik und AVL, ist freier Journalist, Übersetzer und Schriftsteller. Er veröffentlichte Lyrik und Prosa in verschiedenen Literaturorganen und Anthologien und erhielt diverse Auszeichnungen.

Heintel, Lars O., lebt und liest in Winsen an der Aller, schreibt seit seinem 13. Lebensjahr, neben- und hauptberuflich. Veröffentlicht vorwiegend Kurzgeschichten und humoristische Gedichte.

Jaud, Carmen, *Höchstädt/Donau, Arbeitssaufenthalte in Neuseeland, Teilnahme an der Schreibwerkstatt der Colville Women‘s Writing Group, Ausstellungstätigkeit als Malerin, Einzelausstellungen, Lehrtätigkeit an der Universität Augsburg, Kunstpreis des Bezirks Schwaben.

Kandeler, Jiri, geboren und wohnhaft in Berlin, freischaffender Autor, gelegentlich dichtend.

Kelch, Annelie, *1949 in Glückstadt, lebt in Hamburg, gelernte Rechtsanwalts- und Notarfachangestellte, tätig bei verschiedenen Rechtsanwälten und Notaren, an Gerichten (Sozial- und Amtsgericht) und später bei der Kripo und bei Verlagen. Schreibt Lyrik, Prosa und Kinderbücher, ist mittlerweile im Ruhestand.

Kikal, Andrzej, *in Krakau, studierter Germanist (DE), zur Zeit Deutschlehrer und Erzieher an einer Sportschule in Szczecin, Zeichner. Preisträger im Berliner Lyrikwettbewerb Literaturpodium 2015. Bisher veröffentlicht: Kurztexte in der Tagespresse (als Freelancer), einige Gedichte u. m.

Klausens, Klaus, *1958 in Krefeld-Uerdingen, Studium der Publizistik und Amerikanistik in Berlin, Sketchschreiber, Bühnenhelfer, Freier Journalist, 1989 Wechsel zum Goethe-Institut, als Dozent und „Entsandter Dozent" bundesweit und darüber hinaus tätig. Schreibt Romane, Lyrik, Prosa, Essays, Kurzgeschichten, Blogs u. m.

Köhler-Terz, Iris, *1961, lebt in Oranienburg und arbeitet als Erzieherin in Berlin. Veröffentlichungen in verschiedenen Anthologien, u.a. Quartus-Verlag u. m.

Korsch, André W., *in Bernau bei Berlin, schreibt Prosa und Lyrik, absolvierte ein geisteswissenschaftliches Studium an der TU-Berlin, ist als freier Redakteur bei einem Online-Musikmagazin tätig und Mitleser auf der Kreuzberger Lesebühne *Poetry Island.* Texte/Lyrik wurden in Anthologien und Zeitschriften veröffentlicht.

Langenberg, Günter, *1952 in Hückeswagen im Bergischen Land, Beamter im deutschen Auswärtigen Dienst, zurletzt tätig an der Deutschen Botschaft in Tokyo. Freizeitpoet und Reimkünstler.

Lanz, Marianna, *in der Schweiz. Übersetzungen, Lyrik, Schauspiel. Lebt nach längeren Aufenthalten in Berlin, Paris und Marseille wieder in Zürich. Veröffentlichung lyrischer Texte in verschiedenen Zeitschriften und Anthologien.

Libotte, Dr. Thorsten, *1972 in Bonn, ist ein deutscher Lyriker. Schon als Student veröffentlichte er seine Gedichte. 2009 gelang ihm ein reputierlicher Erfolg in einer Reclam-Anthologie als lebender Klassiker.

Lübbers, Britta, *1960 in Meppen, Studium der Germanistik und Sozialwissenschaften in Bonn und Oldenburg. Dipl.-Sozialwissenschaftlerin. Volontariat bei der Nordwest-Zeitung. Lebt und arbeitet als freie Journalistin und Autorin in Oldenburg.

Masthoff, Eva, geb. in Kiel, lebte mehr als zwei Jahrzehnte in England, seit 1992 im Münsterland. Seit 1981 veröffentlicht sie in Deutsch und Englisch, seit 2011 Kurzgeschichten.

Mesdag, Antje, gelernte Zahnarzthelferin, wohnt in Bad Nenndorf. Eines ihrer vielen Hobbys ist das Dichten.

Meyer, Michaela, *62, arbeitete fünf Jahre als Assistenzärztin in Wilhelmshaven und Lemgo, hängte schließlich den Arztkittel in den Schrank und begann zu schreiben. Seit der Rückkehr in ihren Geburtsort Hamburg ‚verarztet' sie vorwiegend Figuren in ihren Geschichten und Gedichten

Pächnatz, Sabina, *1964 in Düsseldorf, Architekturstudium an der TU Berlin bis 1992. Arbeit als Architektin, seit 2000 Arbeit als Künstlerin, Schwerpunkt Malerei und Text.

Parisi, Paolo, *1979 in Ludwigshafen a. Rh., Studium an der Uni Heidelberg (Romanistik / Germanistik).

Paul, Karsten, Dr., *1970. Studium der Psychologie und der Germanistik. Hochschullehrertätigkeit, diverse Fachveröffentlichungen. Publikation von Lyrik in Literaturzeitschriften und Anthologien, mehrfach bei Lyrikwettbewerben ausgezeichnet, zuletzt beim „Hochstadter Stier" 2014 (Publikumspreis 1. Platz).

Rackwitz, Thomas, *1981 in Halle/Saale. Studium der Germanistischen Literaturwissenschaft, Geschichte, Anglistik und Zeitgeschichte an der MLU. Lebt in Blankenburg (Harz). Arbeitet als freier Autor, Lektor, Übersetzer und Nachdichter, war 2015 Stadtschreiber in Halle.

Reindl, Horst, *1939 in Karlshuld / Bayern, Ausbildung als Diplomingenieur für Physik, Tätigkeit als Programmmanager Raumfahrt, davon 3 Jahre in Toulouse/ Frankreich, jetzt im Ruhestand. Zahlreiche Veröffentlichungen (Gedichte und Kurzgeschichten) in Anthologien.

Richter, Beate, Beria ist das Autorenpseudonym der Tierhaarallergikerin Beate Richter. Liiert mit einem echten Tierfreund, geht sie gern in der Natur spazieren und in sicherer Distanz Tiere beobachten, um über die Schönheit der Natur zu staunen.

Röchter, Franziska, lebt als Autorin, Dichterin, seit 2011 auch als Verlegerin des chiliverlags mit Familie und zahlreichen Tieren in Verl. Eigene Bücher, unzählige Veröffentlichungen, 1. Preisträgerin Hochstadter Stier.

Rödig, Wolfgang, *in Straubing, aufgewachsen und wohnhaft in Mitterfels (Niederbayern), handwerkliche und kaufmännische Ausbildung, Fachabitur, sporadisch literarisch tätig seit 1986, annähernd 100 Beiträge in Anthologien, seit 2007 Veröffentlichung von eigenen Büchern.

Rott, Ute, *1955 in München, Studium Druckereitechnik an der FHS München, u.a. selbstständig tätig als Druckingenieur, seit 2005 selbstständige Hundetrainerin und Verhaltensberaterin in Metzelthin, Templin, Uckermark. Schreibt seit 45 Jahren, Veröffentlichungen waren in diversen Anthologien.

Rudolph, Jens, *1976 in Leipzig. Er ist Familienrichter in Berlin und lebt in Potsdam. Etliche Veröffentlichungen.

Ruf, Hermann, *1941 in Karlsdorf, aufgewachsen in Karlsruhe, Personalleiter in Freudenstadt, Lehrer in Baden-Baden, u.a. Preisträger „Poets' Corner", Gedichte in Anthologien, u.a. in „Strohblumenstörung", Politische Dichtung der Gegenwart, chiliverlag 2015.

Schnabel, Sigune, *1981 in Filderstadt, studierte in Düsseldorf Literaturübersetzung, heute Projektmanagerin. Seit 2007 Gedichtveröffentlichungen.

Schwarz, Urs, *1969, aufgewachsen im Kanton Zürich, Studium Germanistik und Philosophie an der Uni Zürich. Heute im Bereich Corporate Communications tätig.

Seithe, Angelica (Seithe-Blümer) lebt in Wettenberg bei Gießen und in München als Psychologische Psychotherapeutin, Dozentin, Autorin.

Starcke, Michael, *1949 in Erfurt, † 2016, lebte und arbeitete als Lyriker in Bochum. Mitglied im VS, der Europäischen Autorenvereinigung DIE KOGGE und im PEN. Unzählige Veröffentlichungen, etliche davon im chiliverlag, u.a. zur politischen Dichtung, in Herzschlaf – Gedichte über Trauer, Trost und Hoffnung u. m.

Staudte, Henrike, Dr. rer. nat., *1976 in Jena, Ernährungswissenschaftlerin, arbeitete u. a. als wissenschaftliche Mitarbeiterin im Universitätsklinikum Jena und Dozentin im Bereich der Erwachsenenbildung. Schon immer schrieb sie nebenbei Fachartikel, Beiträge für Unterhaltungsjournale, Geschichten und Gedichte.

Steil, Gerhard P., *1952, Rüsselsheim, Postbeamter, diverse Veröffentlichungen in Anthologien, Zeitschriften und Magazinen.

Stüsser-Simpson, Jochen, lebt und schreibt in Hamburg. Unzählige Veröffentlichungen in vielen Literaturorganen.

Tsekouras, Gerburg, *1944 in Gießen, aufgewachsen in der Nähe von Frankfurt am Main. Studium in Frankfurt, Bristol und Mainz. Tätigkeit im Schuldienst in Deutschland und Griechenland, in der Ev. Kirche Deutscher Sprache in Athen und im eigenen Sprachinstitut. Konservatorische Ausbildung als Musikerin in Athen.

Veröffentlichung von Lyrik und Kurzprosa in vielen Anthologien. Lebt in Athen.

Usling, Rabea Jasmin, *1994 in Bielefeld, lebt in Bielefeld und studiert Erziehungswissenschaften und Deutsch als Fremd- und Zweitsprache.

Völlger, Siegfried, *1955, Buchhändler und Autor, lebt in Augsburg, machte sich als Herausgeber unzähliger Gedicht- und Geschenkbände einen Namen.

Wolf, Ulrike, *1969, lebt in Thüringen. Zum Haushalt gehört auch Kater Manfred. Umschulung zur Medizinischen Fachangestellten. Veröffentlichung von Gedichten und Kurzgeschichten bei verschiedenen Verlagen.

Wöhrle, Dieter, *1955 in Stuttgart, Studium der Germanistik und Anglistik an der FU Berlin; seit 1983 als Deutschlehrer im Schuldienst tätig, seit 1986 an der John F. Kennedy Schule in Berlin. Drei Lyrikbände, Veröffentlichungen von Einzelgedichten in Anthologien, Mitglied der Erich-Kästner-Gesellschaft.

Zeides, Christine, *1995 in Rostock, begann schon früh mit dem Schreiben. Aktuell Medizinstudium in Berlin. In ihrer Freizeit beschäftigt sie sich intensiv mit Kunst und Kultur. Einige Veröffentlichungen und Auszeichnungen in Wettbewerben (z.B. Gewinnerin Jugend-schreibt Herford/Gütersloh 2013).

Zeppelin, Ludwig, *1974, Abitur, Zivildienst, dann satte 20 Semester Soziologie plus Philosophie an der Westfälischen Kaiser Wilhelm Universität Münster, in Folge Privatangestellter von Peter Hartz, seit 2009 freiberuflich Schriftsteller.

Gatti – Katz'n, Krasse Katz'nstories von 21 Autoren
Hrsg. Franziska Röchter
Mit 14 Exlibris und kätzischen Kunstwerken sowie
einem kleinen Exkurs
chiliverlag 2016, ISBN 978-3-943292-42-8, 188 Seiten, EURO 9,90

Der Band Gatti – Katz'n enthält sehr verschiedene Beiträge von sehr unterschiedlichen Autoren, die offenkundig eines gemeinsam haben: Sie mögen Katzen. Berührende, lehrreiche und humorvolle Geschichten erweitern unseren Blickwinkel auf das doch recht filigrane Geschöpf Katze. Selbst die größten Zweifler werden am Ende nicht anders können, als diesem wundervollen Tier positiv entgegenzutreten.

Fest steht: Katzen sind nicht nur außerordentlich eigensinnig, sondern ebenfalls außerordentlich intelligente und sensible Wesen. Eine Hommage an diese außergewöhnlichen Tiere, deren Gunst ein großes Glück für den Menschen darstellt.

Fassadenflucht – Politische Dichtung der Gegenwart II

Hrsg. Franziska Röchter, Vorwort Bernhard Winter

chiliverlag 2015, ISBN 978-3-943292-32-9, 208 Seiten, EURO 9,90

Diese zweite Sammlung politischer Dichtung der Gegenwart knüpft an das Anliegen des Bandes I (Strohblumenstörung, chiliverlag 2015) an, Meinungen, Überzeugungen, Stimmungen zum aktuellen politischen Geschehen und zu gesellschaftlichen Realitäten der Gegenwart mit Blick auf Vergangenheit und Zukunft flächendeckend einzufangen. Namhafte und auch unbekanntere zeitgenössische Dichter aller Altersstufen aus Deutschland und Europa geben ihre engagierten poetischen und literarischen Statements zu gesellschaftlichen und politischen Zuständen.

87 Autorinnen und Autoren, u. a. Fritz Deppert, Ingo Cesaro, Ralf Burnicki, Michael Starcke, Raffaele Gatta, Manfred Pricha, Alex Dreppec, Michel Ackermann u. v. m.

Glasaugenstern – 101 Gedichte von Alex Dreppec
Mit Illustrationen von Nicola Koch, Axel Röthemeyer, Eva Simone Scheuermann, Alex Dreppec, chiliverlag 2014
ISBN 978-3-943292-21-3, 156 Seiten, EURO 8,90

In dieser Sammlung stehen zuvor an über hundert Orten verstreut abgedruckte Gedichte erstmals nebeneinander und geben einen vielfältigen Einblick in das bunte Schaffen eines der führenden komischen Lyriker der Gegenwart.

Alex Dreppec war 2002 Finalist der deutschsprachigen Poetry Slam-Meisterschaften in Bern. 2004 wurde er mit dem Wilhelm-Busch-Preis ausgezeichnet. Dreppec veröffentlichte Lyrik, Essays und Kurzprosa in zahlreichen Anthologien (u.a. 2008 in „Der Große Conrady" und in „Parody on Impression", New York).

Herzschlaf, Gedichte & Kurzprosa zu Trauer, Trost und Hoffnung
Hrsg. Franziska Röchter, Fotos von Heike Großmann, Yves Drube u. a.
chiliverlag 2015, ISBN 978-3-943292-35-0, 172 Seiten, EURO 13,90

Über 80 Gegenwartsdichter aus Deutschland, Österreich, Schweiz, Belgien und Ungarn, unter ihnen Michael Starcke, Bernhard Winter, Esther Ackermann, Cyriel Gladines, Susanne Rasser, René Oberholzer, Horst Leiwig, Jürgen Völkert-Marten, Dirk-Uwe Becker, Karsten Paul u. v. m., geben mit ihren Gedichten dem Gefühl der Trauer Ausdruck, spenden Trost und Hoffnung mit einprägsamen und teilweise auch humorvollen Texten. Ein ideales Geschenk für Personen, die sich mit dem eingetretenen oder drohenden Verlust eines Menschen oder Gefährten auseinandersetzen müssen. Es sollte in keinem Haushalt und in keiner Friedhofsgärtnerei fehlen und idealerweise bei jedem Bestatter und jedem Hospizverein ausliegen. Die allerschönsten Trauer, Trost- und Hoffnungsgedichte von zeitgenössischen Dichtern zum persönlichen Gebrauch unter Angabe des Urhebers.